Alexandre Roger DARVAL

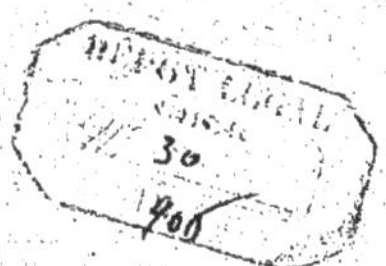

COCORICO!

Vaudeville en un Acte

REPRÉSENTÉ POUR LA PREMIÈRE FOIS A L'EDEN-CONCERT

DISTRIBUTION

4 H. 4 F.

CONFORME AU VISA DU 27 SEPTEMBRE 1905

REPERTOIRE DE LA SOCIÉTÉ LYRIQUE

Anciennes Maisons BRANDUS et JOUBERT réunies

C. JOUBERT, Successeur

ÉDITEUR DE MUSIQUE

PARIS. — 25, Rue d'Hauteville, 25. — PARIS

RÉPERTOIRE

DES OUVRAGES DE CONCERT EN UN ACTE

Faisant partie du répertoire de la SOCIÉTÉ LYRIQUE

Abréviations : *LOC.* Veut dire : La musique n'est qu'en location et ne se vend pas.
SM. Signifie : Pièce sans musique.

Les prix indiqués dans la colonne des « Prix nets » signifient qu'il existe une partition piano et chant.

AUTEURS	TITRES DES ŒUVRES	HOMMES	FEMMES	PRIX NETS
D. Campisiano	Absalon	2	1	6 »
E. Fournier	Accordeur (L')	2	3	s. m.
Guillemaud	Adrien n'aime pas le piano	3	1	s. m.
Vallès-Garnier	Affaire Cœurdeveau (L')	5	1	s. m.
Daniel Jourda	Affaire de Bourse	6	2	s. m.
St-Paul-G. Rose Fils	Agence est au-dessus (L')	3	3	s. m.
F. Bernicat	Agence Rabourdin (L')	1	1	5 »
L. Bouvet-F. Muffat	Ah ! la chouett'revue	4	4	loc.
Japy	A huitaine	troupe	»	5 »
Alexandre-Roger Darval	Aïe !.. J'ai peloté ma belle-mère	5	4	s. m.
St.-Paul-Rose Fils	Air de la mer (L')	4	4	s. m.
Bessière	A la Caserne	6	2	s. m.
St-Paul et Maurice Lupin	Alfred a des cors aux pieds	3	2	s. m.
L. Bouvet	Ami Chambardel (L')	3	1	s. m.
De Marsan	Ami Roscanvel (L')	4	3	s. m.
Lebreton	Amour à coups de poings (L')	2	2	s. m.
Lebreton-St-Paul	Amour en Dentelles (L')	2	2	s. m.
G. Street	Amour en Livrée (L')	3	1	5 »
Desormes	Amour et l'Appétit (L')	1	1	4 »
Vallès-Garnier	Amour et Sauvetage	3	2	s. m.
De Farcy	Amour Modiste (L')	2	3	s. m.
V. Roger	Amour Quinze-Vingt (L')	3	1	4 »
Dollin-Donlay-Layrice	Amours d'un Piston (Les)	3	2	s. m.
L. Bouvet	Anarchiste (L')	3	1	s. m.
M. Gribinski	Annonce (L')	3	3	s. m.
Alexandre Roger Darval	A nous le Divorce	6	5	s. m.
St-Paul-P. Avril	Apache est de rigueur (L')	1	2	s. m.
L. Bouvet	A propos de Bottes	2	»	s. m.
J. Emmecé	A qui le Gosse ?	troupe	»	s. m.
Monnery-Marien	Argot tel qu'on le parle (L')	5	3	s. m.
M. Chautagne	Arracheuse de Dents (L')	2	1	4 »
Bouvet-Arribat	Arrestation arbitraire	4	2	s. m.
Marc Sonal	Arrêts de rigueur	1	1	s. m.
Géraldy	Ascension du Mont-Blanc (L')	1	1	4 »
L. Martin-Duhem	Auberge du Tambour battant (L')	2	2	loc.
Banès	Au Coq huppé	3	2	5 »
Carpentier et J. Meudrot	Audition de St-Glinglin (L')	3	»	s. m.
Guérineau	Auteur par amour	1	2	3 »
L. Bouvet et J. Arribat	Auvergnat par amour	3 ou 4	2	s. m.
Henry Moreau	Avant le bal	1	1	3 »
L. Rireau et G. Dubreuil	Avarié du Mardi Gras (L')	3	2	s. m.
H. Gambart et G. Charpentier	Baduquet n'est pas ridicule	2	2	s. m.
Deransart	Baigneur et Nageuse	1	1	3 »
Autigeon-Bourel-Roydel	Baigneuses de Cocotteville (Les)	5	9	loc.
A. Mouëzy-Eon	Bain de pieds (Le)	1	2	s. m.
Rose fils et Ryvez	Banquier malgré lui	3	3	s. m.
Leserre	Barbe-Bleue	1	»	2 »
L. Moche	Baronne	2	1	s. m.
Georges Rose fils	Belle maman m'adore	2	3	s. m.
De Marsan	Belle-mère apprivoisée (La)	4	3	loc.
Lebreton-St.-Paul	Belle-mère est sans pitié (La)	2	2	s. m.
Wachs	Bibi ou l'Enfant de l'Amour	1	1	4 »
Bouvet-Muffat	Le Bigamme de la Bastille	3	3	s. m.
C. Roland	Bimariés	1	1	s. m.
B. Lebreton et F. Soudant	Bonne à découché, (La)	4	4	s. m.
L. Bouvet-F. Muffat	Bonne nuit Tardiveau !	3 ou 2	2 ou 1	s. m.
E. Bessière	Bonsoir ! ! !	1	1	s. m.
Cellier-Joullot	Boudoir discret	2	1	s. m.
Moreau-Gramet	Bougnol et Bougnol	4	2	loc.
Villebichot	Boum ! Servez chaud	3	2	4 »
H. Moreau-Arnould	Braves gens (Les)	7	5 ou 7	loc.
Hubans	Brelan de bègues	2	1	5 »
H. Moreau et Maurice	Bretelles (Les)	2	1	s. m.
F. Bernicat	Cadets de Gascogne (Les)	troupe	»	7 »
Banès	Cadiquette (La)	1	1	5 »
Saint-Paul	Cage de l'Oncle Tom (La)	3	2	s. m.
Lebreton	Caïn	3	2	s. m.

AUTEURS	TITRES DES ŒUVRES	HOMMES	FEMMES	PRIX NETS
Javelot	Calino amoureux	2	1	3
Lebreton et Soudant	Camelots (Les)	6	5	loc.
E. Bouchaud	Cantine Grovot (La)	5	3	s. m.
Lebreton-Moreau	Ça porte bonheur	5	3	s. m.
V. Herpin	Capricorne (Le)	troupe	»	loc.
F. Barbier	Carmagnole (La)	3	3	5 »
A. Berthon	Carnaval des 4 z'arts (Le)	6	2	loc.
Levavasseur	Carte de visite (La)	3	3	s. m.
Autigeon-Despiau	Cascadin et Cie	6	5	s. m.
O. Métémier-D. Fabrice	Casque d'or	1	3	s. m.
Léon Jancey	Cavalier Bourlot	2		s. m.
F. Lénion-J. Mey	Ce cochon d'Emile	3	2	s. m.
D. Jourda	Celles qui savent	1	2	s. m.
Chabaud-Colonge-Tranchant	Ce pauvre Bobinet	2	1	s. m.
De Marsan	Ce Sacré Narcisse	4	3	s. m.
D. Fabrice	Ce Zidore	3	»	s. m.
A. Mesnil-P. Raymond	C'est la vie	3	2	s. m.
G. Rose fils-F. Bouveret	C'est un secret de Polichinelle	2	2	s. m.
G. Rose fils et G. de Nola	Cette Crapule de Duveau	2 ou 3	2	s. m.
Chelu	Chambre à louer	1	1	2 »
L. Bouvet	Chanson de Florentin (La)	3	2	6 »
V. Roger	Chanson des Ecus (La)	3	1	4 »
E. André	Chaos (Le)	1	1	4 »
H. Gilbert	Chaste Suzanne	2	2	s. m.
Yvel	Chéri des Dames (Le)	4	2	loc.
Bourel-Roydel-E. René	Chevalier Tric-Trac (Le)	2	8	loc.
Meynard	Chez le Dentiste	3	1	3 »
Lhuillier	Chez les Corniquet	1	»	1 »
B. Lebreton	Chez « Ma Tante »	7	5	3 »
C. Rosenquest	Chicard et Bébé	1	1	4 »
L. Bouvet	Cinq à sept ce chez Pétronne (Les)	6	4	loc.
Moreau-Gramet	Cinq contre un	3	5	loc.
E. Brasseur-L.T.	Circulaire du Préfet)La)	6	2	s. m.
Villebichot	Cirque Pongèr's (Le)	troupe	»	6 »
B. Lebreton-E. Blairat	Clef des Songes (La)	4	3	loc.
L. Bouvet	Clémence d'Auguste (La)	2	1	s. m.
Bessière	Clou (Le)	2	2	loc.
L. Collin	Coco Bel-Œil	3	1	6 »
A. Petit	Cocotte et Chiffonnier	1	1	4 »
L. Bouvet	Codicile (Le)	4	4	loc.
Ch. Hougel-de Marsan	Colo saute le mur (Le)	5	3	s. m.
Villemer-Delormel				
Péricaud	Colosse de Rhodes (Le)	3	»	4 »
L. Bouvet G. Arribat	Commandant Lavertu (Le)	5	4	s. m.
St.-Paul-G. Rose fils	Commissaire est embêté (Le)	3	2	s. m.
A. Petit	Confections pour Dames	2	4	5 »
L. Bouvet-Schmoll	Congrès des Cocottes (Le)	5	7	s. m.
G. Touzé.-H. Barbé	Conquêtes difficiles	3	1	s. m.
L. Collin	Conscrit Tyrolien (Le)	1	1	3 »
Habrekorn et P. Marc	Contes de Piron (Les)	2	10	loc.
Lebreton-Moreau	Contrôleur des Wagons-Bars (Le)	4	3	s. m.
H. Maygrier-F. Lemeuland	Coquins de Souliers	4	2	s. m.
Ryvez	Cordon s'il vous plaît	3	3	s. m.
L. Bouvet-F. Muffat	Cornuflot a la gale	4	3	s. m.
Lebreton-Moreau	Cote et Cocottes	4	4	3 »
H. de Farcy	Couleur Jaune (La) ou une nuit d'amour	3	1	s. m.
C. Roland	Courroie (La)	2	1	s. m.
B. Bouvet-G. Arribat	Course au sac (La)	4	2	. m.
Claude Roland	Courtisane à bon cœur (La)	1	3	. m.
Habrekorn	Couturière est au-dessus (La)	2	5	. m.
G. Cellier et E. Joullot	Couverture (La)	4	3	. m.
F. Bouveret	Créanciers du coffre-fort (Les)	5	3	loc.
Marsan (De)	Crépuscule des vieux (Le)	3	2	s. m.
E. Fournier	Crime avorté	2	2	. m.
L. Martin et E. Duhem	Crime de Passy (Le)	2	2	lloc.
Dr Baze et d'Arsay	Culotte du marié (scène) (La)	1	»	s »
Saint-Paul	Dame aux bluets (La)	2	2	. m.

Cocorico!

A mon ami **FAVART**

Et surtout à l'artiste, A, R. DARVAL

Alexandre Roger DARVAL

COCORICO!

Vaudeville en un Acte

REPRÉSENTÉ POUR LA PREMIÈRE FOIS A L'EDEN-CONCERT

DISTRIBUTION

4 H. 4 F.

CONFORME AU VISA DU 27 SEPTEMBRE 1905

RÉPERTOIRE DE LA SOCIÉTÉ LYRIQUE

Alexandre-Roger DARVAL

COCORICO !

Vaudeville en un Acte

Représenté pour la première fois à l'Eden-Concert

PERSONNAGES

LOUPETTE	25 ans	MM.	DOREL.
GROGNASSE	55 —		FAVART.
LANLAIRE	55 —		MÉRIEL.
CUFLOTTE	25 —		ARDISS.
CHARLOTTE, *femme de Lanlaire*	30 —	Mmes	MURGER.
Mme GROGNASSE	45 —		JOLY.
MARGUERITE, *fille de Grognasse*	20 —		DANKER,
MARIE *bonne de Loupette*	20 —		BOB.

NOTA. — Marie est le type de la bonne souillon, mains sales, tablier bleu, etc.

De nos jours, aux environs de Paris, dans la Villa de Loupette

Un petit salon de campagne. Au fond, porte à double battant servant aux entrées. A gauche porte de la chambre de Marguerite; à droite porte de la chambre de Loupette. Au milieu, à gauche, canapé ; à droite petite table. Fauteuils, chaises, etc.

SCÈNE PREMIÈRE

Loupette, Cuflotte

LOUPETTE, *à Cuflotte*

Alors, je compte sur toi pour la demande en mariage ?

CUFLOTTE

Compte sur moi, mon vieux Loupette.

LOUPETTE, *lui serrant la main*

Merci, mon brave Cuflotte.

CUFLOTTE, *s'éloignant*

Je passe une redingote... et j'opère.

LOUPETTE, *le retenant*

Viens que je t'embrasse !

CUFLOTTE, *reculant*

Je n'y tiens pas !

LOUPETTE, *le suivant*

Si ! Si !.. Le bonheur me monte à la tête ;.. il faut absolument que j'embrasse quelqu'un. (*Il parvient à l'embrasser*) Maintenant va ! cours ! (*Il le pousse dehors*).

CUFLOTTE, *en sortant*

A tout à l'heure !

LOUPETTE, *fou de joie*

Ah ! oui, je suis heureux !.. Je tire ma coupe dans une mer de délices et de joie (*A la porte de gauche*). Ah ! ma petite Margot adorée !....

SCÈNE II

Loupette, Charlotte

CHARLOTTE, *passant la tête à la porte du fond*.

Coucou !

LOUPETTE, *soudainement dégrisé*

Aïe ! Charlotte.

CHARLOTTE, *entrant le baiser aux lèvres*

Bonjour, mon petit Loupette.

LOUPETTE, *lugubre*

Bonjour.

CHARLOTTE, *surprise*

Eh bien, tu sais, tu ne tires pas le feu d'artifices quand j'arrive... (*Silence de Loupette*). Mais qu'as tu ? (*Silence de Loupette. Charlotte se rapprochant de lui*). Voyons ! Voyons ! qu'as-tu, mon petit Loupette ?

LOUPETTE, *reculant*

Charlotte, je me dégoute... Pouah ! Pouah !

CHARLOTTE, *s'approchant*

Mais, mon petit Loupette,....

LOUPETTE, *digne*

Je ne suis plus votre petit Loupette.

CHARLOTTE, *ahurie*

Ah ! mais, dis donc !... Est-ce sérieux ?

LOUPETTE

Très ! Très !.. Il n'y a pas cinq minutes, je me lamentais dans les bras de Cuflotte... sans oser lui confier la cause de mes larmes. Je ne pouvais pas lui dire : « J'ai cocufié mon ami Lanlaire. »

CHARLOTTE

Oh ! ne te fais donc pas de bile pour si peu.

LOUPETTE

Mais c'est infâme !.. Ça me déchire le cœur de penser que tous les jours je serre la main de ce cher Lanlaire... et que tous les jours, soir et matin, je le roule dans le ridicule.

CHARLOTTE, *riant*

En nous roulant dans le bonheur.

LOUPETTE, *froidement*

Vous appelez ça le bonheur ?

CHARLOTTE, *vivement*

Comment l'appelles-tu donc ?

LOUPETTE

Le supplice du plaisir... Nous le roulons, nous nous roulons,... tous ces roulements me donnent le mal de mer.

CHARLOTTE, *riant*

A toi ?. Ah ! Ah ! Ah !

LOUPETTE, *vivement*

Ne riez pas ! La tempête du remords gronde en mon cœur... Sa voix lugubre me crie : « Traître ! Traître ! Parfois elle hurle si fort que vous devriez l'avoir entendue... Avouez que vous l'avez entendue ?

CHARLOTTE

Moi ?.., Ah ! j'ai bien autre chose à faire dans ces moments-là (*S'approchant caressante.*) Allons viens.. je t'embrasserai si fort que...

LOUPETTE, *fuyant*

N'approchez pas, Charlotte, n'approchez pas !... Imitez-moi plutôt... (*Joignant les mains*). Pardon, Lanlaire, pardon !

CHARLOTTE, *l'imitant*

Oh ! ça... « Pardon, Lanlaire, pardon »

LOUPETTE, *sentencieux*

Maintenant. Madeleine ;... marchons dans le sentier de la vertu.

CHARLOTTE, *vivement*

Ah ! mais non !.. Il n'est pas assez fleuri !

LOUPETTE

Voyons, ma petite Charlotte, Lanlaire est cent fois mieux que moi.

CHARLOTTE, *vivement*

Pas au lit !

LOUPETTE, *continuant*

Il ne boit pas, il ne fume pas,...

CHARLOTTE

Toi, tu fumes..... mais la fumée de ton cigare exhale un arôme délicieux...

LOUPETTE, *rageant*

Oh !

CHARLOTTE

Je la hume, je l'aspire avec délices... je l'avalerais si tu l'exigeais.

LOUPETTE, *à part, dégageant*

Ce n'est pas une femme, c'est un pot de glu !

CHARLOTTE, *se rapprochant en continuant*

Tu te grises parfois.. mais alors tu sais si bien aimer.

LOUPETTE

Tenez, puisqu'il faut tout vous dire ; j'ai......... Vous n'allez pas le croire, mais je vous jure que c'est vrai... j'ai souvent d'impérieuses envies de vous flanquer une bonne volée.

CHARLOTTE, *surprise*

Toi ?

LOUPETTE, *très affirmatif*

Moi !

CHARLOTTE, *suppliante*

Oh ! ne fais pas cela, mon Loupette !

LOUPETTE

Jusqu'à ce jour, j'ai pu me contenir... mais demain... ou après-demain... j'en arriverais sûrement à vous casser les reins.

CHARLOTTE, *ravie et caressante*

Oh ! vilain monstre adoré... tu as donc juré de me rendre folle de toi.

LOUPETTE, *ahuri*

Hein ?

CHARLOTTE, *s'exaltant*

Etre battue !... Si tu savais depuis combien de temps je caresse ce doux rêve !... (*S'offrant aux coups de Loupette qui la regarde ahuri*) Frappe ! Frappe fort !

LOUPETTE, *arpentant la scène, complètement fou*

Oh ! Oh ! attachez-moi ! Liez-moi !... ou je lui brise tous les abatis. (*Revenant plus calme*). Charlotte, ma petite Charlotte adorée, il faut rompre notre nœud criminel.

CHARLOTTE

Non !... je ne veux rien rompre du tout !

LOUPETTE, *furieux*

Oh !... Mais tu ne comprends donc pas que j'en ai par dessus la tête de notre ménage à trois... que je veux rompre... et rompre à tout prix.

CHARLOTTE

Voilà donc la cause de vos remords.

LOUPETTE, *très affirmatif*

Oui ! Oui ! Oui !

CHARLOTTE, *menaçante*

Loupette, je me vengerai.

LOUPETTE

Je m'en fous !.. mais débarrasse-moi !

SCÈNE III

Loupette, Charlotte, Marie

MARIE, *entrant, son plumeau sous le bras*

Monsieur !...

(*Loupette et Marie échangent quelques paroles à voix basse. Marie montre à Loupette la chambre de Marguerite ; Loupette fait signe à Marie de chasser Charlotte*).

LOUPETTE, *à Charlotte pour prendre congé*.

Chère Madame !

CHARLOTTE, *montrant le poing à Loupette*

Monsieur...

LOUPETTE, *railleur*

Madame !...

(*Charlotte rageant lui tourne le dos ; il en profite pour s'esquiver par la porte de gauche... Suit une scène muette entre Charlotte et Marie : Celle-ci, tout en chantant à tue-tête une scie populaire, prend le tapis de table et le secoue sur la robe de Charlotte... puis, sous prétexte de les épousseter, lui enlève les diverses chaises sur lesquelles elle s'assied*).

CHARLOTTE, *outrée, se décide à sortir en murmurant*

Chipie !

MARIE, *la regardant sortir*

Ah ! enfin... (*Elle prend un siège et vient s'asseoir à la porte de gauche*). Il est épatant monsieur Loupette, épatant !.. (*Elle écoute à la porte*) Un long silence... Il est vrai que ce n'est pas dans les meilleurs moments qu'on parle le plus... Je sais bien que moi... Je crois même que je ne prends pas le temps de respirer... (*On entend du bruit au fond. Marie se lève et frappe vivement à la porte de gauche*). Arrêtez les frais ! (*A Grognasse qui entre avec Lanlaire*) Monsieur Grognasse, une lettre pour vous. (*Elle remet la lettre et sort*).

SCÈNE IV

Grognasse, Lanlaire

LANLAIRE

Comme je vous le disais : quand je me suis marié... j'étais encore... oui.

GROGNASSE

Un agneau !

LANLAIRE

Pascal !... Il me fallait une femme volcanique pour dépenser les réserves de... mon bas de laine... Hélas ! j'ai épousé... une carafe d'eau frappée.

GROGNASSE

Mon pauvre Lanlaire.

LANLAIRE

Depuis six mois... je suis au régime des chapons.

GROGNASSE

Vous devez la trouver mauvaise ?

LANLAIRE

Ah ! oui.

GROGNASSE

Eh bien, moi, quand je me suis marié, j'avais jeté ma gourme... Oh ! mais bien jetée... et j'ai trouvé une femme... une femme comme il vous en aurait fallu une.

LANLAIRE

Veinard !

GROGNASSE

Tenez, encore maintenant... eh bien, je vous certifie qu'elle fait régulièrement son service... D'ailleurs, vous savez, moi, j'ai bon pied, bon œil... et le reste... C'est de famille !... et j'estime qu'une nation dont l'emblème est le Coq... devrait avoir inscrit, depuis longtemps, dans son Code matrimonial : Le droit à l'amour.

Le jour où ma femme ne voudra plus... ou ne pourra plus... porter le carquois de Cupidon... moi, je relaye illico : Je prends une maîtresse.

LANLAIRE

Ah ! voilà ce que je voudrais faire... mais quand on n'a jamais planté son drapeau en dehors de l'alcôve conjugale... on ne sait comment s'y prendre... Il me faudrait un bon petit truc pour entrer en relations... pour m'introduire au cœur de la place.

GROGNASSE, *montrant sa lettre*

Je vous chercherai ça ! mais... vous permettez ?

LANLAIRE

Faites donc ! Faites donc !... Je vais marcher un peu... Vous m'avez mis les nerfs en pelote. (*Il sort en tapant des pieds*). Brou ! Brou !

SCÈNE V

Grognasse, *seul, lisant sa lettre*

Quelle vieille ganache que cet oncle Grognasse !... Si je ne marie pas ma fille avant le printemps... si mon futur gendre, qui est encore à trouver, ne paraphe pas sa signature dans les neuf jours... Non, dans le plus court délai... Crac ! déshérités !... Ah ! nous voilà frais !

Je sais bien que le printemps est l'époque des cataclysmes du cœur... que ma fille à dix-huit ans... que dans la famille de ma femme, comme dans la mienne, les jeunes filles ont hâte de dépoter l'oranger qu'on plante le jour de leur naissance... et qu'à leur faire trop attendre... le Messie... on s'expose à les entendre se plaindre.. que leur corset les gêne... Oui,.. je sais cela ! Mais enfin... que diable ! mon futur gendre peut très bien n'être qu'un chasseur de troisième classe.. je ne peux pas le contraindre, par huissier, à gagner le lapin du premier coup. Non, ce n'est pas une clause à introduire dans un contrat ! (*Il s'étend nonchalamment sur le canapé*). Où pourrais-je bien trouver le chasseur rêvé ?...

SCÈNE VI

Grognasse, Madame Grognasse

MADAME GROGNASSE, *entrant du fond et frappant amicalement sur l'épaule de son mari.*

Eh bien, mon vieux, tu bats ta flemme.

GROGNASSE

J'étais venu à la campagne, chez notre ami Loupette, dans ce seul but.. mais je crains bien d'avoir tout autre chose à faire.

MADAME GROGNASSE

Que veux-tu dire ?

GROGNASSE, *lui remettant la lettre*

Tiens ! Lis !

MADAME GROGNASSE, *après avoir lu*

Que faire ?

GROGNASSE

Que faire ? Que faire ?.. Le mieux, il me semble, est de communiquer cette lettre à Marguerite..; moins les détails poivrés !.. et de lui demander ses intentions.

MADAME GROGNASSE

Onésime, tu parles d'or. (*Appelant*) Marguerite !

GROGNASSE

Voilà je ne sais combien de prétendants qu'elle rejette... Pourtant, pour être mère, il faut qu'elle y mette un peu du sien.

MADAME GROGNASSE

Tranquillise-toi !.. Nous lui en ferons mettre un peu, beaucoup.

GROGNASSE

Elle n'est pourtant pas d'une famille dont les jeunes filles se balladent jusqu'à vingt ans.. avec leur robe de première communion !... Ah ! ma chère Eulalie, la race dégénère !.. ta fille est indigne de toi.. Le soir même de notre première entrevue ne m'as-tu pas ouvert toutes grandes les portes de ton petit cœur.

MADAME GROGNASSE, *tendrement en l'embrassant*

Veux-tu bien te taire, gros polisson adoré.

GROGNASSE, *voyant entrer Marguerite*

Hum ! Hum !

SCÈNE VII

Grognasse, Madame Grognasse, Marguerite

MARGUERITE

Tu m'as appelée, petite mère ?

MADAME GROGNASSE

Oui, ma trop jolie... Assieds-toi.

GROGNASSE

Mignonne, nous avons reçu des nouvelles de l'oncle Grognasse.

MARGUERITE

Ah !

GROGNASSE

Je vais te résumer sa lettre.. Il nous donne, de

son vivant, à toi et à nous la plus grosse partie de sa fortune... mais cet engagement ne deviendra définitif que le jour de ton hymen... ou plutôt, neuf mois après.

MARGUERITE, *vivement*

Je sais pourquoi.

MADAME GROGNASSE

Ah ! tu sais ?.. Il faut donc que tu te maries le plus tôt possible.

MARGUERITE, *vivement*

Mais je ne demande que ça !

MADAME GROGNASSE, *à son mari*

Tu vois bien que nous ne pouvons pas la renier !

GROGNASSE

Pourquoi donc as-tu refusé tous les soupirants que nous t'avons présentés.

MARGUERITE, *riant*

Ah ! Ah ! Ah ! vos soupirants !.. Je vous en prie, n'en parlons pas !

GROGNASSE

Il me semble que Follavoine...

MARGUERITE, *riant*

Oh ! papa... Une bille de billard montée sur sa queue !

MADAME GROGNASSE

En deux coups de langue tu fais le portrait d'un homme.

GROGNASSE

Et Tubard ?

MARGUERITE, *railleuse*

Le Centaure des convenances !.. Ah ! celui-là il ne manquera pas de respect à sa femme.

GROGNASSE

Cela te déplaît ?

MARGUERITE

Dame !.. On ne se marie pas pour être traitée en Sainte-Vierge !... N'est-ce pas, maman ?

MADAME GROGNASSE, *ahurie*

Mais... *(Tout à coup et vivement)*. Je ne sais pas ! Je ne sais pas !

GROGNASSE

Et Darveule ?

MARGUERITE, *avec mépris*

Oh ! un blond !.. Il parait que ça manque de tempérament.

GROGNASSE

Ces jeunes gens ont cependant chacun leurs qualités.

MARGUERITE

Oui... mais les hommes nous séduisent surtout par leurs défauts.

GROGNASSE

Enfin, oui ou non... veux-tu te marier ?

MARGUERITE

Oui, papa... je vous l'ai déjà dit.

GROGNASSE, *intrigué*

Est-ce que ?... N'aurais-tu pas déjà fait ton choix ?

MARGUERITE

Oh ! si... depuis deux mois !

GROGNASSE

Il se nomme ?

MARGUERITE

Monsieur Loupette.

GROGNASSE, *réfléchissant*

Loupette ! Loupette !.. *(à sa femme)*. Qu'en dis-tu ?..

MARGUERITE

Mais ce n'est pas maman qui... qui dormira avec mon mari !

GROGNASSE

Je l'espère !.. mais elle est plus à même que toi de juger si ce mariage te convient.

MARGUERITE

Oh ! c'est juste ce qu'il me faut !

GROGNASSE

Nous devons cependant prendre quelques renseignements sur lui, sur sa famille...

MARGMERITE

Je n'épouse pas tous les Loupette !

GROGNASSE, *impatienté*

Non, mais tu en épouses un... et je ne veux pas un gendre qui... que... un gendre qui... enfin, que diable, il me semble que je n'ai pas l'air d'un père qui ne sait pas ce qu'il veut !

MADAME GROGNASSE

Et monsieur Loupette... connais-tu ses sentiments ?

MARGUERITE

Il m'aime !.. et si vous êtes invités à passer quelques jours dans sa villa... c'est uniquement grâce à mes beaux yeux.

GROGNASSE

Pourquoi ne se prononce-t-il pas ?

MARGUERITE

Son ami Cuflotte va faire une démarche officielle auprès de vous... aujourd'hui même.

GROGNASSE

Aujourd'hui !.. *(Vivement)*. Marguerite, j'ai besoin de causer avec ta mère... va voir si les rosiers sont en fleurs.

MARGUERITE

J'y cours, papa (*En sortant*) Mon bonheur est entre vos mains.

MADAME GROGNASSE

Ne crains rien, mon ange.

SCÈNE VIII

Grognasse, Madame Grognasse

GROGNASSE, *embrassant sa femme*

Eh bien, poupoule, ça ne va pas trop mal!

MADAME GROGNASSE

Non... mais tu connais mes principes. Je veux un gendre qui n'ait jamais dilapidé son cœur.

GROGNASSE

Oh! si tu demandes l'impossible.

MADAME GROGNASSE

Songe que Marguerite est un ange.

GROGNASSE

Oh! Oh!... Toutes les mères se figurent ça!

MADAME GROGNASSE

Oui, je sais bien, elle paraît avoir... de l'entregent,.. une parfaite connaissance... des usages de la vie, un grain de vice même... Tout cela n'est qu'excessive naïveté.

GROGNASSE

Je te l'accorde!... Mais alors si nous donnons cette ange... à un imbécile... qui soit lui-même un ange,.. qui ne sache même pas l'A. B. C. D. de son métier de mari... qu'adviendra-t-il?.. Ils se regarderont dans le blanc des yeux en se serrant la main et en se faisant des mines. (*Il prend la main de sa femme et la regarde tendrement*). Hé! Hé!

MADAME GROGNASSE, *même jeu*

Hé! Hé!

GROGNASSE

C'est absolument ça!.. Et tous les jours, anxieux, nous nous interrogerons en cherchant à lire,.. dans le cœur de notre fille: « Ma sœur Anne, à l'horizon ne vois-tu rien poindre? »

MADAME GROGNASSE

Je ne vois rien poindre.

GROGNASSE

Et dans neuf mois, au lieu de recevoir un petit colis postal frais et rose... nous recevrons une dépêche de l'oncle Grognasse: Je vous déshérite; vous êtes des imbéciles: on ne marie pas sa fille à un bœuf ».

MADAME GROGNASSE

C'est vrai!

GROGNASSE

Pour éviter cela, je tiens à ne marier ma fille qu'à un homme qui aura fait... ses humanités.

MADAME GROGNASSE

Onésime, tu parles d'or.

GROGNASSE, *voyant entrer Cuflotte*

Laisse-moi manier le gouvernail.

SCÈNE IX

Grognasse, Madame Grognasse, Cuflotte

CUFLOTTE

Bonjour, chère Madame! Monsieur Grognasse!

GROGNASSE, MADAME GROGNASSE, *saluant*

Monsieur Cuflotte.

CUFLOTTE

Mon ami Loupette m'a chargé de remplir auprès de vous une mission délicate.

GROGNASSE, *lui montrant un siège*

Nous vous écoutons.

CUFLOTTE

Depuis longtemps il nourrit une passion violente pour mademoiselle Marguerite... et il vous prie de lui accorder sa main.

GROGNASSE

En principe, oui... mais, avant de répondre officiellement, nous désirons prendre sur monsieur Loupette... certains renseignements.

CUFLOTTE

C'est très juste!

MADAME GROGNASSE

Monsieur Cuflotte pourrait peut-être...

GROGNASSE

En effet, vous connaissez Loupette depuis longtemps.

CUFLOTTE

Nous ne nous sommes, pour ainsi dire, jamais quittés.

MADAME GROGNASSE

Les frères Siamois.

CUFLOTTE

Oui, Madame... moins la membrane!

MADAME GROGNASSE

Alors... donnez-nous des tuyaux?

CUFLOTTE

Loupette est intelligent, bon garçon;... il appartient à une famille des plus honorables.

GROGNASSE

Je le sais! Je le sais!... Mais il faut autre chose pour faire un mari... à la hauteur.

CUFLOTTE, *sans comprendre*

Ah!

GROGNASSE, *embarrassé*

Oui!.. Il y a... il y a...

CUFLOTTE, *ahuri cherchant à comprendre*

Il y a... il y a...

GROGNASSE, *de plus en plus embarrassé*

Le... le... la...

CUFLOTTE, *ahuri*

Le... le... la... Je ne saisis pas !.. (*Tout à coup*). Ah ! si ! si !.. Vous désirez savoir si Loupette est... j'emploie votre expression... à la hauteur ?

GROGNASSE, MADAME GROGNASSE, *vivement*.

C'est ça ! C'est ça !

CUFLOTTE

Oui !.. sa famille possède de vastes propriétés en Normandie.

GROGNASSE, *désappointé*

Eh ! je me soucie bien de sa fortune !

CUFLOTTE, *ahuri*

Je croyais...

GROGNASSE

Tenez ! Le Grand Eunuque est certainement très riche... eh bien, je ne lui donnerais pas ma fille.

CUFLOTTE

Oh ! le Sultan est là.

GROGNASES, *vivement*

Mais je ne veux pas que Loupette conduise ma fille au Sultan !... (*Tout à coup*). Eulalie, va donc voir si les rosiers sont en fleurs. (*Madame Grognasse sort*).

SCÈNE X

Cuflotte, Grognasse

GROGNASSE

Ah !.. nous sommes entre hommes ; je vais pouvoir me déboutonner.

CUFLOTTE, *ne comprenant pas*

Ne vous gênez pas !

GROGNASSE

Sans refuser à votre ami Loupette les qualités que vous lui prêtez... je lui trouve cependant un air... « gnouf-gnouf ».

CUFLOTTE, *ahuri*

Gnouf-gnouf ?

GROGNASSE

Oui !... Quand il est auprès de ma fille,... vous croyez qu'il s'occupe ? Ah ! bien oui !.. Il s'assied sur une chaise, croise les jambes, pose son chapeau sur ses genoux... puis il s'agite, se trémousse sur place... et voilà ! J'ai beau lui dire : « Mais débarrassez-vous donc de votre décalitre !... » Il s'obstine à ne pas s'en séparer.

Que diable ! ce n'est pas en se tirebouchonnant et en mettant... ses genoux sous cloche qu'on fait ressortir aux yeux d'une jeune fille... les sentiments qu'on a pour elle. (*Tout à coup*). Dites donc, Cuflotte,... vous savez ce que chantent les coqs ?

CUFLOTTE, *ahuri*

Moi ?.. Non !

GROGNASSE

Eh bien, les uns chantent : (*Imitant le chant du coq*). Quand je veux !.. d'autres : (*Imitant le chant du coq*). Quand je peux ! Pour ceux à qui l'on a coupé le sifflet, ils gémissent comme des mioches à qui l'on a chipé leur billes : (*Imitant le chant d'un chapon*). Vous êtes bien heureux !... Que chante Loupette ?

CUFLOTTE, *ne sachant que répondre*

Hé ! Hé !

GROGNASSE

Vous êtes du même âge... vous avez eu les mêmes plaisirs, les mêmes maîtresses...

CUFLOTTE, *protestant*

Ah ! pardon !

GROGNASSE

Je m'en fous !

CUFLOTTE

Pas moi !

GROGNASSE

Oh ! une maîtresse ce n'est pas une bouteille de vin... quand il y en a pour un ! Voyons, Loupette a-t-il eu des maîtresses ?..

CUFLOTTE, *évasivement*

Désolé, mais...

GROGNASSE

Voyons ! Voyons ! Il a bien fait le grand geste ?.. Il a bien vu... le plus beau jour de la vie d'un homme ?

CUFLOTTE, *évasivement*

Ça !..

GROGNASSE

Je ne peux pourtant pas coller ma fille à une Jeanne d'Arc !.. Je vous en prie, ayez pitié de mes angoisses de père ! dites-moi tout ce que vous savez ?

CUFLOTTE, *évasivement*

Hélas !..

GROGNASSE

Comment vous ne savez pas s'il a déjà fait : « (*Imitant le chant du coq*). Cocorico ! Cocorico !

CUFLOTTE

Ma foi non.

GROGNASSE

Moi, quand je l'ai fait pour la première fois, tout mon quartier l'a su... J'ai passé ma nuit à écrire sur tous les murs : le six Mai 1875, Onésime Grognasse a vu... le Soleil d'Austerlitz. (*Changeant tout à coup de ton*). Oh ! doux Jésus ! doux Jésus ! quelle situation !

CUFLOTTE

Vous pourriez...

GROGNASSE

Lui faire passer... un examen ?.. J'y ai songé... mais ce n'est pas facile !.. Enfin, soit !.. Je n'ai pas d'autre ressource... Dites-lui que je veux lui parler... et, surtout, pas un mot du (*Imitant le chant du Coq*) « Cocorico !

CUFLOTTE, *en sortant*

Non ! Non ! Non !

SCÈNE XI

Grognasse, Madame Grognasse

GROGNASSE, *seul*

Que de mal pour marier une fille... Ah ! Je plains ceux qui en ont une douzaine.

MADAME GROGNASSE, *entrant*

Onésime !.. Ça va ?

GROGNASSE

Oui !.. Ça va mal.

MADAME GROGNASSE

Comment ?..

GROGNASSE

Je crois bien que Loupette ne s'est jamais... jamais purgé.

MADAME GROGNASSE, *dans un cri du cœur*

Oh ! l'imbécile !

GROGNASSE

Peut-il se purger ?... Voilà ce qu'on ne sait pas !

SCÈNE XII

Gr gnasse, Madame Grognasse, Lanlaire

LANLAIRE

Oh ! ça va mieux !.. J'avais le sang à la tête... j'ai marché une heure...

GROGNASSE

Avec votre femme ?

LANLAIRE

Non, tout seul !.. eh bien, ça va mieux !

GROGNASSE

Dites donc, Lanlaire... Loupette a demandé la main de ma fille... mais je ne voudrais pas la marier à un conscrit... Savez-vous s'il a déjà vu le feu ?

LANLAIRE

Ça, je l'ignore.

GROGNASSE

Il faudra en venir à l'interroger... Ah ! que d mal ! que de mal ! pour savoir si... oui ou non.. ce gaillard là... a tiré au sort.

LANLAIRE, *voyant entrer Charlotte*

Attendez donc !.. Ma femme pourra peut-être...

SCÈNE XIII

Grognasse, Madame Grognasse, Lanlaire, Charlotte

LANLAIRE, *à sa femme*

Charlotte, tu ne sais pas la nouvelle ?... Loupette se marie.

CHARLOTTE, *vivement*

Lui ?

GROGNASSE

Non ! Non ! Veut se marier... car je n'ai pas encore donné mon consentement.

CHARLOTTE, *insinuante*

Et vous penchez sans doute pour un refus simple et net.

GROGNASSE

Ma foi, ma femme et moi nous ballottons... nous ballotons même très fort. Nous ne pouvons pas arriver à savoir si Loupette est valide des deux jambes.

LANLAIRE, *à Charlotte*

Tu ne sais pas ça toi ?

CHARLOTTE, *surprise*

Moi ?.. Comment veux-tu ?

LANLAIRE

C'est juste !

CHARLOTTE

Mais je ne crois pas ; il a l'air si... si...

GROGNASSE

Gnouf-gnouf !.. C'est ce que je disais ! Enfin, nous allons le sonder à fond.

CHARLOTTE

Excellente idée !.. Et s'il prétend avoir servi.. dans la cavalerie... exigez qu'il vous montre sa monture.

(*A part*) Ah ! tu veux te marier !

LANLAIRE, *à Grognasse*

Hein, elle est forte ma femme.

CHARLOTTE, *à Lanlaire en sortant*

Allons, viens maintenant !

LANLAIRE

Je te suis !.. (*A Grognasse*). Hé, Grognasse... je me chargerai de la rupture. Ça me servira d'introduction chez la petite.

GROGNASSE

Parfait ! Parfait !

LANLAIRE

Je me sauve ! (*Fausse sortie*). Le voici ! (*Il sort*).

GROGNASSE

Nous allons donc enfin savoir si oui ou non ce gaillard-là... a les pieds plats.

SCÈNE XIV

Grognasse, Madame Grognasse, Loupette

LOUPETTE, *entrant*

Madame ! Monsieur !

GROGNASSE

Monsieur... De l'entretien que nous allons avoir dépend votre mariage avec notre fille... je vous demande donc de répondre loyalement à mes questions ?

LOUPETTE

Je vous le promets.

GROGNASSE, *cherchant ses mots*

Hum ! Hum !

MADAME GROGNASSE

Je t'en prie, voile... Je comprendrai tout de même.

GROGNASSE

Monsieur, si j'étais l'un de ces spécialistes distingués dont le nom s'étale discrètement à l'intérieur de certains de nos monuments publics... et à qui nous avons eu recours, tous, plus ou moins...

LOUPETTE, *à part*

Joli début !

GROGNASSE, *continuant*

Je vous dirai simplement : jeune homme montrez-moi vos papiers ?

LOUPETTE

Je n'hésiterais pas à le faire.

GROGNASSE

Malheureusement, je suis incompétent en œuvres d'art... Où en étions-nous ?.. Ah !.. Voyons, vous n'avez pas atteint l'âge de vingt-cinq ans, sans avoir eu l'occasion de montrer... votre carte d'électeur ? (*Ahurissement de Loupette*)... vos biceps ?.. (*Ahurissement de Loupette*) sans avoir chanté : (*fredonnant*),

Auprès de ma blonde
Qu'il fait bon, fait bon.

LOUPETTE, *chantant*

Auprès de ma blonde
Qu'il fait bon dormir.

MADAME GROGNASSE, GROGNASSE, *ensemble*

C'est ça !

LOUPETTE

Ah ! si je l'ai chanté !.. Un moment je ne chantais que ça... Mes amis m'avaient surnommé : « Fait bon, fait bon »

GROGNASSE

Et vous ne l'avez jamais chanté... à gorges déployée... dans le sanctuaire de Vénus ?

LOUPETTE

Ça !.. Jamais !
(*Il étend la main, comme pour un serment solennel.*)

GROGNASSE

Voyons ! Voyons ! vous avez bien eu une petite maîtresse ?

LOUPETTE

Non ! Ni une petite, ni une grande !.. Vous donnez à votre fille un enfant qui vient de naître.

GROGNASSE

Ce n'est pas à moi de lui donner ça !.. C'est à son mari !... Alors, Monsieur, vous vous êtes amusé jusqu'à vingt-cinq ans à faire des cocottes en papier.

LOUPETTE, *conciliant*

Si vous voulez.

GROGNASSE

Eh bien, vous n'épouserez pas ma fille avant d'avoir rompu quelques lances en... l'honneur de Vénus.

LOUPETTE

Vrai ?.. Eh bien je vous affirme que j'en ai rompu de nombreuses.

GROGNASSE

Bravo ! (*Bas à sa femme*) Il y vient !

LOUPETTE

Et je n'ai plaqué ma dernière maîtresse que que depuis deux mois.

GROGNASSE

Vous êtes pour ainsi dire : en non activité ?

LOUPETTE

C'est le mot !

GROGNASSE

Votre vue s'affaiblirait-elle ?

LOUPETTE, *avec un geste large*

Je crois plutôt le contraire.

GROGNASSE

Prouvez-le !

LOUPETTE, *ahuri*

Comment vous ?.. vous ?

GROGNASSE

Oui.

LOUPETTE

Puisqu'il faut tout vous avouer : J'ai une maîtresse... *(Lanlaire apparait au fond et écoute avec satisfaction)* et hier encore... j'ai fait mon devoir.

GROGNASSE, *jubilant*

Parfait !

LOUPETTE, *heureux*

Ainsi qu'avant hier.

GROGNASSE, *jubilant*

Parfait !.. Rompez... et ma fille est à vous.

LOUPETTE

L'opération est faite... de... de ce matin.

SCÈNE XV

Grognasse, Madame Grognasse, Lanlaire, Loupette

LANLAIRE, *s'avançant vivement*

Je vous demanderai donc ?..

LOUPETTE, *heureux*

Tout ce que vous voudrez.

LANLAIRE

La permission d'aller consoler cette malheureuse ?..

LOUPETTE, *bondissant*

Vous ?...

LANLAIRE

C'est convenu avec Grognasse.

GROGNASSE

Oui, oui, oui.

LOUPETTE, *ahuri*

Mais pardon !..

LANLAIRE

Vous ne pouvez pas abandonner cette pauvre petite sans soutien.

LOUPETTE, *énervé*

Oh !.. *(A part)* Ça, c'est un comble.

LANLAIRE, *insistant*

Je vous en prie, donnez-moi son adresse ?

LOUPETTE, *hors de lui*

Oh !.. Mon cher Lanlaire, jusqu'à ce jour je vous ai considéré comme mon meilleur ami... mais je vous prie d'aller, à l'avenir... vous faire lanlaire.

GROGNASSE

Non, Monsieur... Lanlaire n'ira pas se faire lanlaire. Vous êtes roublard, mais nous sommes ficelles. Vous pivotez comme un tonton : Je n'ai pas de maîtresse, j'ai une maîtresse ». Nous n'avalerons pas votre couleuvre.

MADAME GROGNASSE

Nous voulons des preuves !

LANLAIRE

Bravo ! Bravo !

LOUPETTE

Mais taisez-vous donc !

LANLAIRE

Puisque vous ne l'aimez plus.

LOUPETTE

Ah ! non !

LANLAIRE

Alors qu'est-ce que ça vous fait ?...

LOUPETTE

Vous y tenez absolument ?

LANLAIRE

Oui !

LOUPETTE

Eh bien... *(A part)*. Oh ! non ! non !... Je ne peux pas lui dire : débarrassez-moi de votre femme... *(Haut)*. Monsieur Grognasse, je vais vider mon cœur sur cette table.

J'ai une maîtresse, mais je n'ai pas encore rompu.

GROGNASSE

Rompez !

LOUPETTE

Je l'attends pour ça !

LANLAIRE

Je me charge de tout.

LOUPETTE, *à part*

Il y tient ! *(Haut)* Elle sera certainement ici dans quelques minutes... Accordez-moi le temps de la décider peu à peu au sacrifice ?

GROGNASSE

Si vous voulez.

LANLAIRE

N'oubliez pas de m'appeler !.. Je panserai la blessure.

LOUPETTE

Vous tenez à vos privilèges. *(Aux autres en les poussant dehors)*. Maintenant...

GROGNASSE

Allons voir si les rosiers sont en fleurs.

LANLAIRE, *revenant*

N'oubliez pas...

LOUPETTE

Non ! Non ! Je vous ferai signe au moment propice.

LANLAIRE, *sortant*

Enfin ! je vais pouvoir m'infiltrer dans le cœur d'une petite femme...

LOUPETTE, *réfléchissant*

Ah ! me voilà frais.

LANLAIRE *revenant*

Loupette !... elle est mariée ?

LOUPETTE, *vivement*

Oui !... Non ! Non ! je ne sais pas.

LANLAIRE

Tachez qu'elle le soit !.. ça me ferait plaisir de cocufier un confrère (*Il sort*).

LOUPETTE, *seul, riant*

Non, on n'est pas Lanlaire à ce point là... Ah ! Ah ! Ah !

SCÈNE XVI

Loupette, *puis* **Marie**

Loupette, *seul, s'arrêtant tout à coup de rire.*

Je ris !.. J'ose rire... et je suis dans la mélasse jusqu'au cou... Que faire ? Que faire ?.. J'ai une maîtresse... mais je dois la renier ;.. j'en ai bien encore une autre... mais, celle-là, je ne dois pas l'avouer...

Il faut donc que je me trouve une troisième maîtresse qui ne soit pas ma maîtresse ;... mais qui consente à être ma maîtresse, sans être ma maîtresse.... et à dénouer un nœud que nous n'aurons jamais noué...

Ah ! mon Dieu ! mon Dieu ! Quelle situation ! Si j'avais seulement le temps de faire paraître une annonce... mais non. (*Tout à coup*) Ah ! Ah ! j'ai trouvé ! j'ai trouvé ! (*Appelant*) Marie ! Marie !.. J'ai trouvé sans trouver ! car enfin !...

MARIE

Monsieur m'appelle.

LOUPETTE *très aimable*

Oui, ma chère petite Marie:.. Depuis quelques jours je te regarde attentivement... (*A part*). Elle ne va pas marcher ! (*Haut*) et tous les jours, d'heure en heure... de minute en minute... je te trouve plus jolie.

MARIE

Monsieur est bien bon.

LOUPETTE

Oui, je suis très bon !.. (*A part*). Mon Dieu, faites-la marcher !.. (*Haut*). Alors, à chaque seconde, je me dis : « Hé ! Hé ! gentille ma petite Marie. »

MARIE

Et, moi, je me dis : Hé ! Hé ! gentil Monsieur.

LOUPETTE, *à part*

Elle marche ! merci, mon Dieu ! (*Haut*). Eh bien, ma petite Marie, je vais te confier...

MARIE

Oh ! tout ce que vous voudrez !

LOUPETTE

Ce que j'ai de plus précieux.

MARIE

Je sais ce que c'est.

LOUPETTE

Le bonheur de ma vie.

MARIE

Vous ne pourrez jamais mieux le placer.

LOUPETTE

Tu es adorable !.. Tu consens à être ma maîtresse ?.. Je t'en supplie, dis oui !

MARIE, *ôtant son tablier*

Quand Monsieur voudra.

LOUPETTE

Je n'abuserai pas de ta patience !.. dans une heure...

MARIE

J'aurai débuté ?

LOUPETTE

Et immédiatement après... je te résilierai.

MARIE, *reprenant son tablier*

Oh ! mais je ne signe pas cet engagement-là !

LOUPETTE

Pourquoi ?

MARIE

Parce que je vous aime !

LOUPETTE

Je ne te demande pas ça !.. je te le défends même !.. Tu n'auras qu'à pleurer devant tout le monde.

MARIE

Vous en avez de bonnes !

LOUPETTE

Ma petite Marie !...

MARIE

Je ne marche pas ! Je ne marche pas !

LOUPETTE, *à part*

Je renage dans la mélasse ! (*Haut*). Ecoute-moi !... J'ai dit : j'ai une maîtresse, mais je vais la plaquer... Alors, mon beau père m'a mis en demeure de la montrer et Lanlaire a proposé de se charger de la rupture et de me remplacer.

MARIE, *riant*

Lui ? Ah ! Ah ! Ah !

LOUPETTE

Je vois que tu comprends toi-même que je ne peux pas... Alors je te présenterai comme ma maîtresse et Lanlaire deviendra ton protecteur.

MARIE

Il est trop laid.

LOUPETTE

Tu le feras cocu.

MRAIE

Il y est habitué.

LOUPETTE

Justement !

MARIE

J'aurais mieux aimé vous.

LOUPETTE

Oui, mais moi... Il faut attendre que je sois marié.

MARIE

Vous me promettez après ?...

LOUPETTE

Oui.

MARIE

Comme ça, ça va !

LOUPETTE

Oh ! que tu es gentille !.. Viens que je t'embrasse ! *(Il l'embrasse)*.

SCÈNE XVII

Loupette, Marie, Lanlaire

LANLAIRE, *passant la tête*

Ça se décolle ?

LOUPETTE

C'est décollé !.. *(Montrant Marie)* Voyez comme elle pleure !.. *(Bas à Marie)* Pleure donc !

MARIE, *poussant soudain de grands cris*

Ah ! Ah ! Ah !

LANLAIRE

Oh ! la pauvre petite chatte !.. *(Reconnaissant Marie)*. Comment, c'est...

LOUPETTE, *s'oubliant*

Oui, je n'avais qu'elle sous la main *(Bas à Marie)*. Pleure ! Pleure !

MARIE, *beuglant*

Ah ! Ah ! Ah !

LOUPETTE

Un soir elle s'est trouvée mal... je l'ai couchée dans mon lit... et je me suis couché auprès d'elle... pour lui tenir chaud...

LANLAIRE

Et voilà comme le bonheur vient !

LOUPETTE

Et voilà !

LANLAIRE, *montrant la porte à Lanlaire*

Maintenant si...

LOUPETTE, *a ant de sortir, embrassant Lanlaire*

Mon ami, rendez-là heureuse ! *(Bas à Marie)*. Pleure donc !

MARIE, *beuglant*

Ah ? Ah ! Ah !

(Loupette sort ! Lanlaire et Marie se regardent).

MARIE, *beuglant*

Ah ! Ah ! Ah !

SCÈNE XVIII

Marie, Lanlaire

LANLAIRE, *allant à Marie*

Voyons ! Voyons, belle petite poulette, séchez vos beaux yeux.

MARIE

Non, j'veux pas !.. *(Beuglant)* Ah ! Ah ! Ah !

LANLAIRE

Vous en retrouverez facilement un autre.

MARIE

J'en veux pas d'autre !.. *(Beuglant)* Ah ! Ah ! Ah !.. Il était si bon.

LANLAIRE

Je me charge de vous en trouver un meilleur.

MARIE, *fléchissant*

Vous ?

LANLAIRE

Un Monsieur bien gentil, sérieux... qui vous donnera une petite bonne, un beau mobilier en pitchpin.

MARIE, *joyeuse*

Vrai ?.. en pit-che-pin ?

LANLAIRE

Je vous le promets !.. *(L'embrassant)*. Il vous embrassera là !... là !.. et encore ailleurs *(A part)* Je m'infiltre ! *(Haut)*. Il ne saura rien vous refuser.

MARIE

Oh ! vous dites ça !

LANLAIRE

Je dis ça parce que... parce que je le connais très bien.

MARIE

Et quand ?

LANLAIRE

Quand vous voudrez !.. tout de suite !.. Souhaitez quelque chose.

MARIE

Une belle robe verte, un beau chapeau bleu, des bottines rouges, un jupon jaune, des bas blancs à jour, une bague, des boucles d'oreilles, des gants, un corset, des petits machins pour mettre dedans, un gros machin pour derrière, une brosse à dents.

LANLAIRE, *lui donnant de l'argent*

Voilà de quoi en acheter.

MARIE

C'est donc vous ?

LANLAIRE, *s'agenouillant devant elle*

C'est moi !.. Moi qui mets à vos pieds tous mes trésors d'amour... si vous voulez être ma petite cocotte adorée ?..

MARIE, *l'embrassant sur le crâne*

J'y consens, mon vieux.

LANLAIRE, *se relevant*

Oh ! qu'elle est gentille ! *(Lui donnant tout ce qu'il a dans ses poches)* Prenez ça ! ça !.. Vous vous achèterez des belles robes à jours, des beaux chapeaux avec des souliers rouges, des petits jupons courts à plumes, des petits tralala par devant, un gros tralala par derrière, des pantalons... *(Vivement)*. Non ! Non ! je vous en prie, pas de pantalons !.. Oh ! ce n'est pas par économie !... Prenez encore ça ! *(Il lui redonne de l'argent)* ça !

SCÈNE XIX

Marie, Lanlaire, Charlotte

CHARLOTTE, *entrant*

Que faites-vous là ?

LANLAIRE, *balbutiant*

Je... je... Tu vois, je... (*Reprenant son aplomb*). Tu avais raison,.. Loupette avait une maîtresse.

CHARLOTTE

Je n'ai jamais dit cela... au contraire !

LANLAIRE

Eh bien, il en avait une tout de même... la petite Marie.

CHARLOTTE, *montrant Marie qui compte son argent*

Mademoiselle ?

LANLAIRE

Oui,.. Alors il m'a prié de me charger de la rupture... et de verser l'indemnité de guerre.

CHARLOTTE, *vivement*

Non, vrai, vous êtes trop bête... (*Se reprenant*) Il vous a dit : Voilà ma maîtresse,.. et vous avez marché comme un bon bougre !

LANLAIRE

Puisque Marie avoue.

CHARLOTTE

Elle ment !

MARIE, *menaçante*

Moi, je mens ?..

LANLAIRE, *s'interposant*

Voyons, Charlotte..

CHARLOTTE

Allez chercher monsieur Grognasse, tous les Grognasse.

MARIE, *à part, en sortant vivement*

Oh ! Je vais prévenir Monsieur.

CHARLOTTE

Ah ! je vais vous la montrer sa maîtresse, moi. (*A Lanlaire en le poussant dehors*). Mais allez donc !

SCÈNE XX

Charlotte, puis Loupette

CHARLOTTE, *seule*

Ah ! monsieur Loupette, vous m'avez roulée... Nous sommes manche à manche... A la belle maintenant !.. Jouez serré sinon...

LOUPETTE, *entrant furieux*

Ah ! ça... allez-vous bientôt cesser d'empêcher mes billes de rouler ?

CHARLOTTE

Oui... si vous acceptez mes conditions ?

LOUPETTE

Jamais !

CHARLOTTE

Prenez garde !

LOUPETTE

Voyons, parlez !

CHARLOTTE

Je vous promets de rompre, si vous m'accordez un dernier baiser.

LOUPETTE, *vivement*

Oh ! avec plaisir !.. Je ne vous aurai jamais embrassée de si bon cœur. (*Il veut l'embrasser*).

CHARLOTTE, *l'arrêtant*

Non ! je vous attends là... (*Elle montre la droite*) dans cinq minutes !

LOUPETTE

Impossible, on vient

CHARLOTTE

Enfin, le plus tôt possible !.. Eloignez-les !

LOUPETTE

Mais vous savez... « Bonjour ! Bonsoir ! et adieu ».

SCÈNE XXI

Grognasse, Madame Grognasse, Cuflotte, Lanlaire, Loupette, Charlotte, Marguerite

GROGNASSE, *entrant vivement*

Eh bien, a-t-il oui ou non franchi le Rubicon.

CHARLOTTE

Oui, je vous en donne ma parole.

GROGNASSE

Mais alors tout va bien... Mon gendre, embrassez votre fiancée.

LOUPETTE, *après avoir embrassé Marguerite*

Maintenant, j'offre le champagne... je vais le faire servir.

MARGUERITE, *suivant Loupette qui sort*

Je vous suis !

CUFLOTTE, *les suivant*

Moi aussi.. Vive le champagne !

GROGNASSE, *voulant sortir*

Il vont tout boire sans nous...

CHARLOTTE, *arrêtant Grognasse, Madame Grognasse et Lanlaire.*

Ecoutez !

SCÈNE XXII

Grognasse, Madame Grognasse, Lanlaire Charlotte ; *à la fin,* Loupette

CHARLOTTE

Vous ne savez pas tout.

GROGNASSE

Non ?

CHARLOTTE

Là !.. (*Elle montre la porte de droite*). Il y a une femme.

LANLAIRE

C'est un turc ce gaillard-là !

CHARLOTTE

Celle qu'il ne veut pas plaquer... C'est pour aller la rejoindre et s'acquitter de ses devoirs... qu'il vous a offert le champagne.

GROGNASSE, *s'élançant vers la porte de droite*.

Ah ! le brigand !..

CHARLOTTE, *l'arrêtant*

Non ! Non ! Ne dites rien !.. Feignez de sortir et revenez... Vous le surprendrez...

GROGNASSE

Les pieds dans le plat !..

CHARLOTTE

C'est ça !

LOUPETTE, *entrant*

Le champagne vous attend... (*Les faisant sortir*). Allez vite.

LANLAIRE, *en sortant, à Loupette*

Oui ! Oui ! Les pieds dans le plat.

LOUPETTE, *sans comprendre*

Hein ?.. Quel idiot que ce Lanlaire.

SCÈNE XXIII

Loupette, *puis* Charlotte

LOUPETTE, *seul, désespéré*

Il n'y a pas... il faut que j'y passe.

CHARLOTTE

Tu es prêt, mon chéri ?

LOUPETTE, *maussade*

Je suis prêt... si pourtant vous vouliez retarder l'échéance ?

CHARLOTTE

A quoi bon ?

LOUPETTE

C'est vrai... mais vous savez... Bonjour ! Bonsoir !

CHARLOTTE

Oui ! Oui !.. J'entre ?

LOUPETTE, *maussade*

Entrez.

CHARLOTTE, *lui ôtant sa jaquette, son gilet*

Ote donc ta jaquette ! ton gilet !

LOUPETTE, *se laissant faire*

La toilette du condamné.

CHARLOTTE, *lui ôtant son col.*

Ton col !

LOUPETTE

Oh ! Nous n'allons pas...

CHARLOTTE, *déposant les habits de Loupette sur une chaise à droite*

Non, mais enfin... (*L'embrassant*) Ah ! mon petit Loupette, tu vas donc être à moi une dernière fois.

LOUPETTE, *lugubre*

Oui.

CHARLOTTE

J'entre... et tu viens. (*Elle disparaît à droite*).

LOUPETTE, *sans bouger*

J'accours...

CHARLOTTE, *dans la chambre de droite*

Je t'attends.

LOUPETTE

Me voilà ! (*Se traînant comme une limace*). Allons brûler une dernière cartouche. (*Arrivé sur le seuil de la chambre de droite il s'arrête brusquement*).

Ah ! zut ! zut !... je n'entre pas ! (*Il disparaît à gauche en courant*).

SCÈNE XXIV

Grognasse, Madame Grognasse, Lanlaire Charlotte Cuflotte Marie

GROGNASSE

Ça y est ! Ah ! le salaud ! (*Montrant les habits de Loupette*). Il paraît qu'il aime manœuvrer à l'aise... Où est Marguerite ?.. Elle n'est pas là, tant mieux !.. Empêchez-là d'entrer... qu'elle n'assiste pas à cette cérémonie... (*S'élançant dans la pièce de droite*). Ah ! je vais lui en raconter pour deux sous...

MADAME GROGNASSE, *pleurant*

Ma pauvre Marguerite, un lys...

GROGNASSE, *à la cantonade*

Ah ! par exemple...

TOUS

Quoi donc.

LANLAIRE, *voyant revenir Charlotte avec Grognasse*

Aie ! Ma femme !

SCÈNE XXV

Grognasse, Madame Grognasse, Lanlaire, Charlotte, Cuflotte, Marie

CHARLOTTE

Oui, je cherchais monsieur Loupette.

MARIE, *railleuse à Lanlaire*

Ça, c'est vrai, mon vieux.

GROGNASSE

Oh ! mais ce gaillard-là s'est trop moqué de nous... Il n'aura pas ma fille ! (*Entrant vivement dans la chambre de gauche*). Marguerite ! Viens, mon ange ! (*Tout à coup, en revenant*). Boum ! Ça, c'est le bouquet.

TOUS

Quoi donc ? Quoi donc ?

GROGNASSE, *balbutiant affolé*

Rien ! Rien ! Ah ! le salaud ! le salaud !

SCÈNE XXVI

Grognasse, Madame Grognasse, Lanlaire, Charlotte, Loupette, Marguerite, Cuflotte Marie.

MARGUERITE, *entrant de gauche, rouge comme une botte de pivoines, en se jetant aux genoux de son père.*

Pardon, papa, pardon !

GROGNASSE, *à Loupette qui entre de gauche, en le poursuivant*

Monsieur !... gare à vous si je ne suis pas grand-père dans neuf mois.

LOUPETTE

Qu'est-ce que vous dites.

MARGUERITE

Rassure-toi !.. tu le seras dans sept.

TOUS

Dans sept !

GROGNASSE

Je lui trouvais l'air gnouf-gnouf... et voilà deux mois qu'il fait avec ma fille (*Imitant le chant du coq*). Cocorico !

TOUS, *imitant le chant du coq*

Cocorico !

Rideau

Imp. LALANDE-PEROUX. — Saint-Amand (Cher).

AUTEURS	TITRES DES ŒUVRES	HOMMES	FEMMES	PRIX NETS
Pierre Achard	Dans l'Escalier	2	1	s. m.
B. Lebreton	Débuts d'une Etoile (Les)	5	5	s. m.
Cellier-Gramet	Demoiselles Plumenboy (Les)	3	4	s. m.
A. Condamin	Dépêches de Lucien (Les)	2	2	s. m.
Saint Paul	Déraillement (Le)	3	2	s. m.
St-Paul.-G. Rose fils	Dernière carotte (La)	3	2	s. m.
L. Lefèvre	Dernier verre (Le)	2	1	4 »
F. Barbier	Deux amours de chandeliers	1	1	5 »
Roydel-Herbel	Deux anges au clou	2	2	loc.
Ch. Hubans	Deux coqs vivaient en paix	2	1	6 »
F. Garcia	Deux estafiers (Les)	2	»	2 »
Vallès-Garnier	Deux femmes de M. Grochose (Les)	3	2	s. m.
G. Champavert-F. Robin	Deux Jarretières (Les)	3	2	s. m.
M. Chautagne	Deux Muses (Les)	2	»	4 »
F. Barbier	Deux parfaits notaires (Les)	2	»	4 »
Grisbinski	Déveine (La)	2	2	s. m.
Moreau-Boucherot	Diable au moulin (Le)	5	5	loc.
M. de Marsan et A. Nérac	Digue-Digue de Mme Guilleret (Les)	3	3	s. m.
St-Paul (L')	Divorcerons-nous	3	2	s. m.
Léo Trézenick	Docteurs	3	2	s. m.
Gramet-Talber	Doigt coupé (Le)	troupe	»	loc.
G. Rose fils	Don Juan de Montmartre	3	3	s. m.
E. Bouvet-Lebreton	Drapeau du régiment (Le)	5	4	s. m.
Moreau-Arnould	Drôle de Cocotte	1	2	s. m.
F. Muffat-L. Bouvet	Dudule	3	2	s. m.
Bouvet-Sevry	Dupont et Dupont	4	3	s. m.
St-Paul et Rose fils	Durandard est un bon garçon	3	2	s. m.
Dottin-Boulay-Layrice	Duriflard	5	2	s. m.
L. Bouvet-Schmoll	Echange de bals	5	5	s. m.
De Lannoy et Lions	Echarpe (L')	4	2	s. m.
J. Domerc	Ecole buissonnière (L')	3	»	3 »
Boulay-Layrice	Ecole des Cocus (L')	4	3	s. m.
E. Codey	Ecole du Journalisme (L')	4	2	s. m.
Ed. Lhuillier	Elle débute ce soir	1	1	6 »
Deloruelle	El senor Piffardino	1	1	4 »
M. de Marsan	Empire du Milieu (L')	3	2	s. m.
Daunys et Morels	Encore un déraillement	3	2	s. m.
S.-Paul-Douglas	Encore une revue	4	4	s. m.
L. Bouvet et P. Simonnot	Enfant du Mystère (L')	2	3	s. m.
Jallais-Hubans	Enlèvement des Sabines (L')	troupe	»	loc.
Villebichot	Entre deux jardins	1	1	4 »
Léo Trézenik	Envers d'un notaire (L')	2	2	s. m.
Garnier-Vallès	Erreur de Bridouille (L')	3	2	s. m.
Banès	Escargot (L')	2	3	6 »
A. Pajol	Esprits d'Argenteuil (Les)	5	2	s. m.
St-Paul-Douglas	Est-il (L')	2	3	s. m.
P. Pottier-H. Dubreuil	Estime du Concierge (L')	2	1	s. m.
D. Dihau	Eternel roman (L')	1	1	4 »
Bourel-Roydel-Tranel	Etrennes utiles	3	2	s. m.
L. Jancey	Exercice de nuit	3	2	s. m.
Garnier-Vallès	Exploits de Malichard (Les)	6	4	s. m.
De Marsan	Facture (La)	1	2	s. m.
St-Paul-G. Rose fils	Fais ça pour moi	3	2	s. m.
G. Rose-F. Bouveret	Famille du Brasseur	3	3	s. m.
Moreau-Gramet	Famille Nitouche (La)	3	4	loc.
L. Bouvet,-J. Sévry-Roses	Family-Plage	6	4	loc.
D. Jourda-Verse	Fatale épreuve	1	2	s. m.
G. Rose. père	Faux-cols d'Oscar (Les)	1	2	s. m.
D. Lannoy-Lions	Félicité	3	2	s. m.
F. Chaudoir	Fête à Claudine (La)	1	1	4 »
E. Duhem	Fête à M. le Maire (La)	5	2	4 »
Javelot	Fiancés Berrichons (Les)	1	1	3 »
Soulié	Fiancés du bonnet de coton (Les)	1	1	5 »
Liouville	Fièvre phylloxérique (La)	3	2	4 »
Bertrié	Fille du Charpentier (La)	3	1	5 »
Bourel-Roydel-G. Herré	Filles de Corneville (Les)	4	7	loc.
Lebreton	Filles du Charcutier (Les)	3	3	s. m.
Lebreton-Moreau	Fils de Gouape	4	4	s. m.
Villebichot	Fleuriste et Typographe	1	1	5 »
Pradels-Quinel	Fosse aux ours (La)	4	4	s. m.
Moreau-Soudant	Francs-Tireurs de la Mort (Les)	troupe	»	s. m.
Lebreton-Moreau	Frère de lait (Les)	1	2	4 »
Cieutat	Furet (Le)	»	1	4 »
Moreau-Touzé	Gai gai mariez-vous !	4	3	s. m.
Moreau-Darsay	Gaîtés du Bastion (Les)	4	3	s. m.
Marsile-(J). Douglas	Galant Douanier	3	1	s. m.
L. Bouvet et Arrilat	La garçonnière de Dulocard (La)	3	3	s. m.
Seraine	Garde champêtre de Corneville (Le)	1	»	1 »
L. Dottin	Gendre de M. Implantoir (Le)	3	2	s. m.
Moreau-E. Pacra	Girafe (La)	3	2	s. m.
Lebreton-St-Paul	Gontran se marie	3	2	s. m.
H. Lebreton-Soudant	Gosse (La)	3	2	s. m.
Rose fils et Ryvez	Grelleur (Le)	4	3	s. m.
Hervo-Merki	Grève des Boulangers (La)	5	»	1 »
Moreau-Marcus	Grève des Facteurs (La)	2	2	s. m.
Villebichot	Hirondelles de la rue (Les)	»	2	3 »
Maurice de Marsan	Homme du Louvre (L')	3	3	s. m.
L. Bouvet et G. Arrilat	Homme du Parc Monceau (L')	3	2	s. m.
Rose fils	Homme explosible (L')	2	2	s. m.
St-Paul-Rose fils	Hôtel des Fantômes (L')	3	1	s. m.
H. Barbé et Téramond	Huissier des bons jours	3	2	s. m.
Bessière-De Noter	Ile de Nénuphar (L')	5	2	loc.
L. Bourel-Simonot	Il faut que jeunesse se passe	2 ou 1	2 ou 3	loc.
De Lannoy et Lions	Indispensable (L')	2	2	s. m.

AUTEURS	TITRES DES ŒUVRES	HOMMES	FEMMES	PRIX NETS
D. Jourda-Douglas	Instantanés	3	2	s. m.
Moniot	Jacotte	1	1	5 »
E. Warmoës	Jacquet (Le)	3	2	s. m.
Liger-Aubrun	J'ai perdu Virginie	3	1	loc.
L. Bouvet-F. Muffat	J'attends l'Huissier	2	1	s. m.
Michiels	Jefque et Trinne	1	1	8 »
St-Paul	J'en ai plein le dos	2	1	s. m.
A. Perronnet	Je reviens de Compiègne	»	1	4 »
Bernicat	Jeunesse de Béranger (La)	3	1	6 »
B. Lebreton	Jeunesse de Hoche (La)	6	6	s. m.
De Marsan	Jour de gloire est arrivé (Le)	3	2	s. m.
L. Collin	Journée aux soufflets (La)	1	1	4 »
J. Férol	J'teux de sorts (Le)	7	4	s. m.
St-Paul-P. Arril	Labistrouille	3	2	s. m.
Soudant	Lâchée	5	1	s. m.
Desormes	Leçon de musique (La)	1	1	4 »
St-Paul	Leroy l'amuse	3	3	s. m.
Dourel-Herbel	Le trimard est un gaffeur	2	2	loc.
Verneuil	Loupiot (Le)	2	»	s. m.
Dourel-Herbel	Lucien est maboule !	3	1	s. m.
L. Dottin et H. Darrillé	Ma belle mère à la Pécolle	4	3	s. m.
Moreau-Gramet	Ma Colonelle	2	2	loc.
Wachs	Madame le Docteur	2	1	4 »
Lebreton-St Paul	Mademoiselle le Docteur	3	2	s. m.
V. Roger	Mademoiselle Louloute	2	2	5 »
L. Bourel et L. Férier	Magnétisé sans le savoir	2	2	loc.
F. Lémon-L. Schmoll	Maires	7	5	loc.
J. Bobleu-L. Yody et E. Baugel	Maison du Crime (La)	4	2	s. m.
Talexy	Maître Grelot	4	1	6 »
Bouvet	Major Purjotin (Le)	4	3	s. m.
Lebreton	Mam'zelle Baïonnette	3	3	s. m.
Tar-Nemo-Celral	Mamz'elle Culot	troupe	»	6 »
De Champeles-Jacquin	Mam'zelle Phryné	3	1	s. m.
L. Bouvet et Dottin	Mannequin (Le)	3	2	s. m.
Jan Pierre et Morels	Manœuvre électorale	3	»	s. m.
B. Lebreton et E. Pacra	Maquignon (Le)	5	4	s. m.
de Marsan	Marchand de cochons et le dépendeur d'andouilles (Le)	3	3	s. m.
Jouhaud	Mariages riches	1	1	3 »
Tollet-Frot	Marié sans l'être	4	»	3 »
Moreau-Duroc	Maris jaloux (Les)	5	2	s. m.
Simiot	Mariés de Nanterre (Les)	1	2	4 »
Boissier-Sciama	Mars et Vénus	3	2	loc.
Millou	Matinée du Prince (La)	3	3	s. m.
A. Verse	Mathieu fait des béguins	5-5	4 ou 4	s. m.
M. de Lagarde	Mèche (La)	3	2	s. m.
Moreau-Boucherot	Medjidié (La)	3	1	loc.
C. André	Melon (Le) Monologue saynète	1	»	2 »
De Marsan	Ménage Blésimard (Le)	3	2	s. m.
B. Lebreton-H. Moreau	Ménage d'artistes	6	5	s. m.
Moreau-Darsay	Ménage Poire (Le)	2	2	s. m.
Desormes	Menu de Georgette (Le)	3	2	8 »
Soudant-Moreau	Mimi Vadrouille	troupe	»	loc.
Mayrargue	Modern Styl	2	2	s. m.
L. Rivaux	Mon Oncle et ma Tante	4	3	s. m.
De Marsan	Monsieur Babolin	3	2	s. m.
De Marsan	Monsieur de chez Maxim's (le)	3	3	s. m.
Paul Vallès	Monsieur Dutrognon	4	1	s. m.
E. Bessière	Monsieur l'Inspecteur	2	4	s. m.
Garnier-Vallès	Monsieur ma belle-mère	2	3	s. m.
L. Rivaux	Monsieur Pâtemolle	2	2	s. m.
Marsèle	Monsieur sourd (Le)	3	2	s. m.
Moreau-Touzé	Mouche du Coche (La)	4	2	s. m.
Jourda	Moyen de l'être (Le)	1	1	s. m.
Desormes	Nègre de la porte St-Denis	3	3	loc.
Dottin et H. Touzé	Nègre pour rire	3	2	s. m.
C. Lhuillier	Nez enchanté (Le)	1	1	3 »
Herpin	Noce à Grospoulot (La)	5	7	loc.
F. Barbier	Noce à Suzon (La)	1	1	5 »
E. Bessière-Noter	Noces de Lambiston (Les)	5	2	loc.
L. Collin	Noces d'Or (Les)	2	1	5 »
Moreau-Rivaux	Nommé Baluche (Le)	1	2	loc.
St-Paul et Rose fils	Nos docteurs	3	2	s. m.
Moreau-Gramet	Nos petites Chattes	3	4	loc.
V. Roger	Nourrice de Montfermeil (La)	2	3	6 »
G. Rose fils	Nous allons chez les Durand	1	1	s. m.
Touzé-Prud'homme	Nuit de noces de Beauflanchet	6	4	loc.
F. Bossuyt	Nuit de Noël	2	2	s. m.
Charles Seider	Octave le chasté	3	3	s. m.
		ou 2	eu2	
Rose père	Omelette au lard (L')	4	2	s. m.
Dédé fils	Oncle et Neveu	3	»	3 »
Louis Bouvet	Oncle Maboulin (L')	4	4	loc.
St-Paul	On parle Anglais	5	6	s. m.
Henry Gambart	O. N. P. D. B.	2	2	loc.
Bessières Ruffier	Ordonnance Bézuchet (L')	2	2	s. m.
St-Paul-R. Rose fils	Ordonnance malgré lui	3	2	s. m.
Saint-Paul	Oscar est détraqué	4	3	s. m.
Pacra-Emmecé	Où est le père	3	4	s. m.
Dufils	Paille et la Poutre (La)	»	2	6 »
Robert Laurent-Julin	Par amour	3	2	s. m.
L. Rivaux	Parachute (Le)	3	2	s. m.
Febvre-Gréhon	Paris sans tailleurs	7	7	
F. Barbier	Par la fenêtre	1	1	

AUTEURS	TITRES DES ŒUVRES	HOMMES	FEMMES	PRIX NETS
De Marsan	Partie carrée	4	3	s. m.
B. Lebreton	Parties fines	4	4	s. m.
Ed. Lhuillier	Pasquinette	1	1	3 »
Ch. Esquier	Passes magnétiques	3	2	s. m.
H. Moreau-E. Brasseur	Peau-rouge de la Bastille (Le)	4	4	s. m.
Rose-fils	Peintre de talent	2	3	s. m.
Moreau-Darsay	Pension Carabin (La)	5	4	loc.
L. Bouvet	Pensionat St Amour (Le)	4	4	s. m.
Offenbach-Roques	Péri-Colle (Parodie de Périchole) (La)	2	1	2.50
Lebreton. St-Paul	Péril jaune (Le)	2	2	s. m.
E. Warmoes	Permission de Binjot (La)	3	2	s. m.
H. Moreau Soudant	Permission de la nuit (La)	6	4	s. m.
Trébla-St-Cyr	Personne	2	1	s. m.
Landoy	Pet !! Pet !!	3	3	s. m.
B. Lebreton	Petit factionnaire (Le)	4	3	s. m.
L. Collin	Petit Spahi (Le)	3	3	5 »
Gribinski	Petite Étoile	3	2	s. m.
L. Bouvet-St. Paul	Petite Fifi (La)	3	3	s. m.
Léon Jancey	Petite Guerre (La)	3	2	s. m.
L. Bouvet-F. Muffat	Petites Actrices (Les)	4	4	s. m.
Lebreton-Moreau	Petits Zouzous (Les)	troupe	»	loc.
André	Picotin (Le)	1	»	2 »
L. Martin et E. Duhem	Pilules du Docteur (Les)	2	3	s. m.
Lebreton-Bessière	Piston de Clémentine (Le)	3	2	s. m.
Schmoll	Pitou	3	2	loc.
E. Herbel.-L. Dourel-Boydel	Plaquée	3	3	s. m.
H. Barbé	Plus que 1.089 jours	3	»	s. m.
F. Barbier	Points jaunes (Les)	1	1	5 »
Delessez-Piccolini	Pommes d'amour (Les)	6	4	loc.
Duhem-L. Martin	Potache en goguette (Le)	4	2	loc.
F. Barbier	Poupée automate (La)	1	1	5 »
St Paul.-G. Rose fils	Pour avoir la fille	4	3	s. m.
A. Lambert et B. Lebreton	Pour être papa	2	2	loc.
C. Roland	Pour le guérir	1	2	s. m.
A Varne-Paul St-Philippe	Pour pincer Éliane	3	2	s. m.
Fay	Pour qui le gosse ?	2	3	s. m.
Lebreton-St-Paul	Pour qui volait-on ?	4	2	s. m.
A. Ibels et Rainier Dorelbres	P. P. C. ou les petits trous pas chers	3	3	s. m.
A. Lambert	Première brouille (La) Comédie	»	1	s. m.
St Paul.-P. Avril	Première scène	2	3	s. m.
F. Barbier	Premières armes de Parny (Les)	1	3	5 »
L. Bouvet-G. Arribat	Prends mon oncle	4	2	s. m.
L. Rose fils-H. Ryvez	Prestige de l'uniforme (Le)	4	2	s. m.
L. Potier. R. Dubreuil	Prise de la Bastille (La)	4	1	s. m.
Moreau	Professeur de Chant (Le)	1	1	s. m.
De Marsan	Pucelle de Mézidon (La)	3	3	s. m.
Henry Gambart	Pupille du charcutier (La)	3	3	s. m.
Lebreton	Quatre hommes et un caporal	5	3	s. m.
G. Rose fils Ryvez	Que Madame n'en sache rien	2	2	s. m.
Délilia-Héros	Qui va à la chassé	2	2	s. m.
L. Collin	Qui se dispute s'adore	1	1	3 »
St Paul.-G. Rose fils	Qui veut la fin	2	2	s. m.
L. Bouvet. F. Muffat	Rabiot (Le)	3	2	s. m.
Léon Jancey	Ra ! Fla !!	2	1	s. m.
Villebichot	Réponse du Berger (La)	1	1	4 »
Jacoutot	Retour de Kerdrec (Le)	2	1	4 »
Meugé	Retour de Margotte (Le)	1	1	4 »
L. Collin	Retour de Musette (Le)	1	1	4 »
De Marsan	Revenant de la rue de la Pompe (Le)	5	5	s. m.
Lebreton	Revue à l'envers (La)	4	4	loc.
t Paul	Revue interdite	4	4	loc.
uillier	Risette	»	1	s. m.
el et Briolet	Roi Koku (Le)	troupe	»	loc.
ormes	Rolland furieux	3	1	2 »
Désormes	Romance impossible (La)	2	»	4 »
Michiels	Rosière d'Interlaken (La)	1	1	4 »
Jancey	Sabre et plumeau	1	1	s. m.
G. Rose fils- F. Bouyeret	Sacré Cake-Walk	3	2	s. m.
L. Rivaux	Sacré jour de l'an	6	3	loc.
L. Bouvet- G. Arribat	Sacré Jules	2	2	s. m.
Briollet-Tinant	Sacré Vermillon	3	3	s. m.
B. Lebreton-J. Lebreton	Sacrée Nounou	3	3	s. m.
H. Moreau.-Ardouin	Saint-Antoine malgré lui	5	5	s. m.
P. Lefaure	Saint-Prosper (La)	2	2	s. m.
Louis Bouvet,-G. Arribat	Salade d'Ordonnances	3	2	s. m.
B. Lebreton,-J. Lebreton	Salade de Gendarmes	3	2	s. m.
Champavert-Robin	Sandrina	3	2	s. m.
L. Dottin	Sauvage malgré lui	3	2	s. m.
R. Planquette	Serment de Mme Grégoire (Le)	1	1	5 »
Lebreton-Soudant	Serment du marin (Le)	4	1	s. m.
Ouvrier	Simone et Boquillon	1	1	5 »
Lebreton St-Paul,	Singeries de l'Amour (Les)	4	2	loc.
Lebreton-H. Darsay	Sœur du Cabotin (La)	4	2	s. m.
Buffières,-Malfait	Soirée bourgeoise	2	2	loc.
eserre	Soirée d'amateurs (pochade)	5	5	s. m.
Lebreton-Moreau	Soldat !	5	5	s. m.
H. Gilbert	Son amant	2	1	s. m.
Gambart et M. Motel	Soucis de la paternité (Les)	2	1	s. m.
in	Soupirs du Cœur	1	2	s. m.
et-Tinant	Source merveilleuse (La)	4	2	s. m.
-Laurey	Sous-Préfet de Pésenas (Le)	3	2	s. m.
Malo	Souviens-toi de Clémentine	2	1	s. m.
u-Darsay	Spiritisme des familles	4	3	4 »
et A. Kesler	Stratagème !	4	3	loc.
				s. m.
Tac.-Coen	Suzette Suzanne et Suzon	1	3	s. m.
Mauzin	Syndicat des marchands de marrons (Le)	5	3	s. m.
A. Mesnil	T'amuses-tu Pingot	6	»	s. m.
Levavasseur	Tante d'Amérique (La)	3	3	s. m.
C. Roland	Ta pomme Pâris	3	10	loc.
Wachs	Tata chez Toto	2	1	4 »
G. Hervé-D. Fabrice	Témoin	4	3	s. m.
L'empereur et Primard	Témoin (Le)	3	1	10
St-Paul et Rose fils	Terrible affaire	3	2	s. m.
Briollet-Gerny	Testament Cracfort (Le)	8	6	loc.
Marc Sonal	Théophile	2	1	s. m.
B. Lebreton-E. Blairat	Tisane des Boers (La)	4	2	s. m.
Chassaigne	Toc	2	2	s. m.
Hervé	Toinette et son carabinier	2	1	5 »
B. Lebreton	Tombeur de l'Escouade (Le)	3	2	s. m.
Blanchard de la Brétesche	Torero de Lolotte (Le)	5	5	loc.
M. Guillemaud	Toto la Rincette	5	5	loc.
Wachs	Totor et Titine	1	1	loc.
Cartier	Train des Maris (Le)	2	2	4 »
Moreau-Duroc	Tranquil'hôtel	5	4	s. m.
Moreau-Darsay	Trente mille francs par an	2	2	loc.
B. Lebreton-St Paul	Tringlots (Les)	4	3	s. m.
H. Gilbert	Triple alliance (La)	5	2	s. m.
L. Lebreton-J. Tranchant	Trois Divorces (Les)	5	3	s. m.
Lebreton-Téramond	Trois Gosses (Les)	4	4	loc.
Bouvet	Trois hercules pour une femme	3	2	s. m.
Bessière	Troisième du trois (La)	6	6	s. m.
F. Hassuyt-F. Bouverel	Trio d'Apaches	3	2	s. m.
A. Dunno et E. Pacra	Trio de Vertus	4	2	s. m.
L. Bouvet et G. Arribat	Troublante énigme	3	3	s. m.
Henry Gambart	Trougnol est un modeste	3	3	s. m.
Rose fils et Rivez	Trouvez un père	4	5	s. m.
Guillemaud-de-Marsan	Truc de Binochet (Le)	3	2	s. m.
Lambert-Lebreton	Truc du Pharmacien (Le)	4	1	loc.
Daniel Jourda	Tu le seras	2	2	s. m.
Javelot	Un amour d'épicier	2	1	4 »
Bessière	Un attentat au bois	2	2	s. m.
F. Lefaure	Un beau père criminel	3	2	s. m.
Cardet-Lonnoy	Un bon ami	2	1	s. m.
D. Fay	Un bon tuyau	9	4	s. m.
H. Barbé-G. Touzé	Un cas d'amnésie	3	2	s. m.
P. Henrion	Un charcutier dans les fers	1	1	4 »
De Marsan	Un client pas sérieux	4	3	s. m.
Chassaigne	Un coq en jupons	1	1	4 »
Bonès	Un do malade	2	1	5 »
Wachs	Un domestique pour rire	1	1	4 »
Moreau-Grainet	Un dragon pour deux	3	2	1 »
L. Roy	Un épicier peu commode	1	2	loc.
G. Laurens	Un futur sur le gril	2	1	4 »
Ch. Malo	Un gendre à poigne	2	2	5 »
H. Levavasseur	Un grand criminel	4	2	s. m.
Péricaud	Un hercule qui ne veut pas se rouiller	2	1	loc.
St-Paul	Un jour d'audace	4	2	s. m.
Cambillard	Un mariage à la force du poignet	1	1	3 »
Ch. Malo	Un mariage au flageolet	1	1	4 »
F. Bernicat	Un mari à l'essai	1	1	4 »
Péricaud	Un mari en grande vitesse	3	1	4 »
Moreau-B. Parault	Un mari somnambule	2	2	s. m.
L. Collin	Un mauvais conscrit	2	»	4 »
B. Vallée-E. Garnier	Un Monsieur qui frotte	4	3	s. m.
B. Lebreton St-Paul	Un Oncle pour deux	3	2	s. m.
Chassaigne	Un 1er jour de ménage	1	1	4 »
Mayrargue	Un sauvetage	2	3	s. m.
F. Barbier	Un souper chez Mlle Contat	»	2	5 »
Bernicat	Une aventure de la clairon	2	2	6 »
H. Gambart et G. Charpentier	Une belle mère à condition	3	9	s. m.
Garnier-Vallès	Une Corbeille de Noce	5	3	s. m.
E. André	Une drôle de Marquise	2	1	3 »
Joubaud	Une femme de quart de monde	2	1	4 »
Marc Sonal-Victor Gréhon	Une femme pour six sous	3	3	s. m.
L. Roques	Une femme tombée du Ciel	1	1	5 »
Villebichot	Une fille à trucs	3	1	4 »
Liouville	Une fille en loterie	2	1	4 »
Touzé Monjardin	Une intrigue chez les Mouchamiel	2	1	s. m.
Desormes	Une lune de miel Normande	1	1	4 »
L. Collin	Une mariée sans mari	1	1	4 »
Ed. Lhuillier	Une mariné à la vapeur	1	1	3 »
Desormes	Une mauvaise connaissance	3	2	5 »
Moreau-Darsay	Une mauvaise nuit	2	2	loc.
Saint-Paul et H. Lupin	Une nuit d'ivresse	2	1	s. m.
Duhem	Une partie à Robinson	2	2	4 »
L. Martin	Une partie de pêche	5	4	loc.
L. Lebreton-St Paul	Une petite femme en or	3	3	s. m.
Wachs	Une pleine eau à Chatou	2	1	4 »
Bernicat	Une poule mouillée	1	1	4 »
Lebreton-St-Paul	Une Rosserie	2	2	s. m.
Chassaigne	Une table de café	2	»	4 »
Robillard	Une tempête conjugale	1	1	4 »
R. Planquette	Valet de cœur (Le)	1	1	4 »
St. Paul	Vase de Soissons (Le)	3	2	s. m.
Robillard	Vengeance de Ramolli (La)	2	1	4 »
L. Roydet et Jost	Vermouth et Tilleul	2	2	s. m.
L. Jancey	Viens mon Toutou	1	1	s. m.
Bouvet-Arribat	Vieux, le Melon et le Rat (Le)	4	3	s. m.
Lebreton-St-Paul	Vingt-cinq minutes d'arrêt	2	2	s. m.

AUTEURS	TITRES DES ŒUVRES	HOMMES	FEMMES	PRIX NETS	AUTEURS	TITRES DES ŒUVRES	HOMMES	FEMMES	PRIX NETS
Vallès-Talber. . .	Vingt huit jours de Corenflot (Les)	7	3	loc.	Jacobi	Voilà l'plaisir mesdames. . .	1	1	4 »
Normand-Vallès ,	Vive les Bleus.	7	4	loc.	E. Triber-Delaître . .	Volupté des dames (La) . . .	4	3	s. m.
De Marsan	Y'nez donc nous voir	4	3	s. m.	E. Bouveré et F. Bossuyt	Voyage pendant la Noce. . .	3	2	s. m.
Lebreton-Moreau.	Vocation d'Isoline (La) . . .	1	2	5 »	L. Valbo A. Verzo	Y'a du coton.	7	6	loc.

Pour les représentations avec Orchestre. Prière de demander les conditions de Location.

LIVRETS 1 Franc. NET.

www.ingramcontent.com/pod-product-compliance
Ingram Content Group UK Ltd.
Pitfield, Milton Keynes, MK11 3LW, UK
UKHW021028220726
13924UKWH00001B/185

9 782019 931254